LA
Tabatière Vengée

RÉPONSE RIMÉE

A L'AUTEUR DE L'ART DE FUMER

PAR

UN PRISEUR DE BRIENNE.

Prix : 1 franc.

Paris.

LALLEMAND-LÉPINE, LIBRAIRE-ÉDITEUR,
PASSAGE BEAUJOLAIS, RUE RICHELIEU, 52,

MARTINON,	PAUL MASGANA,
RUE DU COQ SAINT-HONORÉ, 4.	GALERIE DE L'ODÉON, 12.

1844

LA TABATIÈRE VENGÉE.

—◦◦◦—

IMPRIMERIE D'ED. PROUX ET Cᵉ, RUE NEUVE-DES-BONS-ENFANS, 3.

—◦◦◦—

LA
Tabatière Vengée

RÉPONSE RIMÉE

A L'AUTEUR DE L'ART DE FUMER

PAR

UN PRISEUR DE BRIENNE.

Paris.

LALLEMAND-LÉPINE, LIBRAIRE-ÉDITEUR,

PASSAGE BEAUJOLAIS, RUE RICHELIEU, 52,

MARTINON,   PAUL MASGANA,
RUE DU COQ-SAINT-HONORÉ, 4.   GALERIE DE L'ODÉON, 12.

1844

AVIS AU LECTEUR.

Cet opuscule, pour être bien compris, devra être lu après *l'Art de fumer* dont il est la contre-partie.

Par une coquetterie qui ne sera que trop justifiée, nous engageons à laisser un notable intervalle entre la lecture de ces deux poèmes, afin que le nôtre ne soit point trop insupportable au lecteur. Une femme, si peu prétentieuse qu'elle soit, se gardera toujours du voisinage immédiat de quelque écrasante beauté. Si cette prudence est instinctive chez elle, elle est raisonnée et surtout très raisonnable chez nous.

Voilà, lecteur, ce que nous avions à vous dire : il est bien entendu que nous n'avons point eu l'extravagante témérité de vouloir l'emporter sur notre adversaire, ainsi que nous nous en flattons follement dans notre début. Nous avons voulu nous égayer un instant, voilà tout. Notre admiration pour l'illustre poète est trop profonde, et le sentiment de notre parfaite indignité trop intime, pour que nous commettions jamais une semblable bévue.

LA TABATIÈRE VENGÉE. [*]

À l'Auteur de l'Art de Fumer.

Si fameux que tu sois, et si haut que s'élance

Ton poétique nom dont s'honora la France,

Quand, terreur du Pouvoir, à tour de bras, jadis

Ta muse le sanglait du fouet de *Némésis* (1),

(*) Tous les vers soulignés sont, textuellement ou à peu près, ex‑
traits soit de l'*Art de fumer*, soit de la *Némésis*.

1

Moi, pauvre petit nain, moi, misérable athlète,

Je ramasse le gant que ta fierté me jette (2).

Tu ris de mon audace, intrépide fumeur,

Et demandes mon nom? — Géant, je suis priseur.

De ton fol engoûment je me croirais complice

Si, provoqué par toi, je n'entrais dans la lice.

J'y veux, bravant les coups de ton ceste d'airain,

J'y veux vaincre ou périr la tabatière en main.

Quelle plus noble cause! Ah! si je ne m'égare,

Je prétends sous ma prise étouffer ton cigare.

Puissé-je, heureux vainqueur, non pas te réformer,

Mais sans pipe une fois te faire un peu fumer.

Tu ricanes encor... — Permis : je te l'accorde :

Cependant, tu le sais, dans sa miséricorde

Et sa toute bonté, pour redresser un tort,

Dieu souvent par le faible embarrassa le fort.

N'a-t-il pas, un beau jour, comme leçon au monde,

En la main d'un berger fait tournoyer la fronde

Et dirigé la pierre au front du Philistin ?

Ce qu'il fit autrefois ne le peut-il demain ?

Si, pygmée, on me voit affronter un colosse,

C'est que, Dieu l'a jugé, ton fumet est atroce :

C'est que ton *Brûle-gueule,* auteur de ce produit,

Doit rentrer à l'égout d'où ton vers le sortit.

Maintenant en deux points divisons la matière :
D'abord le *Brûle-gueule* et puis la *Tabatière.*

Le *Brûle-gueule!...* Ah ! fi ! ce mot seul, j'en ai peur,

Ne soulève-t-il pas un tant soit peu le cœur ?

Je le pense, entre nous, de pureté douteuse.

L'entend-on ? On croit voir cette tourbe fangeuse

D'escrocs qui, pleins de vin, grouillant aux carrefours,

S'y font les souteneurs des plus sales amours.

Regarde : chacun d'eux, le feutre sur l'oreille,

Et muni d'un gourdin de grosseur sans pareille,

N'a-t-il pas à la bouche, et de près écourté,

Ce fameux *Brûle-gueule* en tes vers si vanté?

Humble d'abord, s'il fume, aussitôt, fier Alcide,

Il revêt, nous dis-tu, l'*os homini* d'Ovide.

Tu le veux, je l'accorde, et cela sans effort :

Impossible en effet de voir un plus beau port.

Peut-être faudrait-il, tu permets l'hypothèse,

— Car il en est besoin pour soutenir ta thèse —

Peut-être faudrait-il que tous ces demi-dieux,

Si fameux culotteurs, se culottassent mieux ;

Qu'abandonnant surtout sa mode au moyen-âge,

Des crevés aux pourpoints ils quittassent l'usage ;

Enfin que, mieux coiffés, tes nobles Hidalgos

Prissent moins les grands airs des crânes Bousingots.

— Mais, réponds-tu, prôneur de tout homme qui fume,

Aux plus limpides eaux, quoi, n'est-il pas d'écume?

Ne voit-on rien jaunir où ces bois sont si verts ?

Quelle médaille est belle et n'a pas son revers ?

Là bas, vois ce Dandy de flambante tournure :

Humann, rêvant pour lui sa coupe la plus pure,

L'étreignit savamment d'un habit fait au tour ;

Sakoski de son pied ennoblit le contour,

Tout est chez ce fumeur d'une recherche rare...

— Oui, tout en lui me plaît, excepté son cigare.

Mieux qu'un cigare encor ! lui si frais, lui si beau,

Que de ton *Brûle-gueule* il s'orne le museau !

— Merveilleux ! diras-tu ; sous la pipe jaunie

Si l'on peut découvrir sa lèvre racornie ;

Si, poussant à ses dents, on aperçoit plus loin

Des chicots culottés — Oh ! clames-tu, divin !

C'est bien là le portrait de mon fumeur modèle :

Téniers n'eût pas mieux fait, des fumeurs lui l'Apelle !

—Jusqu'à présent, je crois, nous voilà bien d'accord.

Toutefois j'aurais dû, je confesse mon tort,

Décrire du héros l'haleine parfumée,

Son avant mayencé par des flots de fumée,

S'élançant vaporeux comme un subtil esprit :

Encore cela fait, n'aurais-je pas tout dit.

Pour dépeindre un fumeur ainsi qu'il le mérite,

La tâche qui d'abord nous apparaît petite,

Grandit, grandit surtout quand, traitant son sujet,

On s'élève au moral de cet homme complet.

Pour toi, Maître, pour toi ce n'est qu'un badinage,

Car tu peins en trois coups âme, corps et visage ;

Rien n'échappe au fini de tes brillans pinceaux :

Le fumeur, c'est un Dieu sous les traits d'un héros.

Ainsi pour la fierté, c'est Ajax, c'est Achille.

Voulez-vous des vertus ? en lui l'on en voit mille.

Mais pour les admirer revenons pas à pas

Aux traits les plus saillans dont tu les crayonnas.

« *Le fumeur est décent de visage et de geste.* »

Voilà qui me plaît fort : *décent*, oui, je l'atteste,

Et j'en prends à témoins ces braves fils de Mars,

Connus vulgairement sous le nom de *Houzars.*

Tous fument plus ou moins : or, chose incontestable,

Ces gentils cavaliers sont tous *décens* en diable.

La *décence* circule en ce corps virginal,

Comme fait le parfum aux fibres du santal.

Aux modestes *Dragons* ne faisons point injure ;

Eux aussi sont *décens :* j'en ai vu, je l'assure,

Et, tels que ces sonnets qu'on ne peut trop vanter,

Par mille il en est un que je pourrais citer.

O vous donc, fiers guerriers que la pipe décore,

Soit humble tourlourou, soit colossal centaure,

Vite, vite à Nanterre (3) ! Oh ! oui, là nous aurons

Des chants pour vos vertus et des fleurs pour vos fronts.

Là, parmi des essaims d'innocentes vestales,

Nous vous couronnerons de roses triomphales ;

Là nous verrons d'un œil doublement enchanté

La *décence* s'unir à la virginité,

Spectacle attendrissant donné par le cigare

De ce double miracle à Nanterre si rare.

Mais assez sur ce point, s'il est notoire à tous

Qu'il n'est rien, ô fumeurs, de plus décent que vous :

Montons sur une scène encor plus élargie :

Entrons avec respect dans cette tabagie,

Saint temple aux flancs duquel on lit en lettres d'or :

« *A la Pipe Flamande : Estaminet du Nord.* »

Salut, ô murs sacrés ! salut, auguste enceinte

Où s'épanchent à flots et la bière et l'absinthe ;

Où la philosophie, à cheval sur les mœurs,

De ses nobles reflets ennoblit les fumeurs !

C'est là qu'à pleins poumons, c'est là que l'on respire

Bien mieux que l'aloès, cent fois mieux que la myrrhe,

Ces célestes parfums, qu'une divinité,

La Régie, en payant, dispense avec bonté.

Oh ! qu'elle a de trésors, cette tiède atmosphère

Où le havane en feu, son heureux tributaire,

S'évapore à plaisir, et du noir calumet,

Part culotter les murs du vaste estaminet !

Sur une riche estrade, une rosière antique

A ces masses d'encens offre son front pudique ;

A son port de matrone, à son air radieux ,

On reconnaît d'abord la reine de ces lieux.

La *décence* en sa fleur brille sur son visage,

Et pourtant à la voir on la croit peu sauvage :

Sans doute sous son joug plus d'un mortel plia.

Regardant en pitié le fier *régalia* (*),

Folle du *caporal* que le vulgaire fume,

Elle en bourre à pleins bords une superbe écume,

(*) Le cigare à 25 c.

Présent de Pomaré, sa trônante consœur, .

Puis lance en minaudant sa bleuâtre vapeur.

Autour d'elle attablés, à l'abri des orages,

On voit, la pipe en main , philosopher tes sages.

Si l'un d'eux , parlant bien , veut encor parler mieux ,

Il souffle son haleine en regardant les cieux.

Aussitôt cent raisons et des plus étoffées

Arrivent en échange à toutes ces bouffées ,

Mais si vives souvent que, d'esprit par trop las,

Il lui faut souffler moins et regarder plus bas,

Imitant à peu près la prudente tactique

De ces Automédons de nouvelle fabrique

Qui, du haut d'un tender, modèrent à leur gré

Le dynamique effet d'un feu trop concentré ;

Car la pensée aussi , bouillante, meurtrière,

Peut , comme la vapeur, fracasser sa chaudière.

Pourquoi donc, en tes vers, rien ne signale-t-il

Au fumeur en danger un semblable péril ?

Après tout, j'en conviens pour l'honneur du cigare,

Le cas, bien que constant, chaque jour est plus rare,

Et s'il était besoin de quelque preuve ici,

Tu nous la fournirais amplement, Dieu merci !

Car tu vis, par bonheur, et pourtant nulle tête

De penseur, de savant, d'incompris, de poète,

Mieux que la tienne, hélas ! ô fumeur renforcé,

Ne porta vers les cieux un front plus menacé.

Selon toi, *du tabac s'il suffit de l'arome*

Pour mûrir la pensée et compléter un homme,

Dans les estaminets, au sein de tes fumeurs,

Comment ne pas choisir tous nos législateurs ?

C'est, je crois, faute lourde, et l'on pourrait, me semble,

Faisant mieux que choisir, les prendre tous ensemble,

Exclure tout profane, et, s'étayant de toi,

Très positivement déclarer dans la loi,

Par un article seul, mais article inflexible,

Que nul, s'il n'est fumeur, ne peut être éligible.

C'est alors qu'à la place où réglant nos destins,

Pataugent chaque jour quatre à cinq cents crétins,

Tout autant de Solons munis de leurs bouffardes,

Défenseurs de nos droits et toujours sur leurs gardes,

Sauraient, par la vapeur de leur meilleur tabac,

Activer les moteurs du wagon de l'État.

Quel beau spectacle ! dis ? que de voir des tribunes

Cet arome enfumer la salle des Communes,

S'élever par torrens, et de leurs flancs épais,

Briller ces mille éclairs jaillis d'hommes *complets !*

Meunier !... mais il est mort : laissons en paix sa cendre !..

Teissier, toi de la pipe ô le digne Alexandre !

Dont le nom glorieux doit vivre sur l'airain,

Qu'il serait doux pour nous, ô cher contemporain,

De t'admirer bientôt sur la chaire curule

Où l'honnête Sauzet depuis long-temps s'annulle,

Posant en demi-dieu comme un noble Hambourgeois

Et fumant lentement ton pot-au-feu bourgeois (4) !

Oh ! que tu serais beau ! comme la présidence

Irait bien à l'ampleur de ta grave prestance !

Une fois installé, par tes ordres, bientôt

De bière de Strasbourg chacun aurait son pot,

Et, pour faciliter l'agilité des langues,

Des cruches garniraient la tribune aux harangues !......

Ne désespérons pas : l'intrépide Progrès

Pour cette ère nouvelle a-t-il pas tout exprès

A ta brillante muse inspiré ton poème ?

Le Roi, j'en suis certain, le pensera de même.

Sachons attendre encore : à l'avance admirons,

Comme autant de phénix, nos nouveaux Cicérons,

Qui, pour mieux se garer de locutions vagues

Et se faire éloquens, épuiseront leurs blagues.

2

Chacun y voyant *clair*, on ne souffrira pas

De cet affreux ennui pire que le trépas

Qui mine le fumeur quand, misérable hère,

Par les yeux il ressemble au pauvre Bélisaire,

Mal que tu peins si bien en tes vers chaleureux.

Bélisaire !... à ce nom d'un guerrier malheureux,

Lui jadis si brillant par l'éclat de ses armes,

Ah ! quel barbare humain ne verserait des larmes ?...

Et cependant, malgré tous ses cruels revers

Dont le seul souvenir attriste l'univers,

Et les treize cents ans qui pèsent sur sa cendre,

D'un sentiment bien doux je ne puis me défendre

Quand, récapitulant ses motifs de douleur,

Je pense qu'après tout il n'était pas fumeur,

Ce pauvre aveugle !... Oh ! oui, sans doute sa misère

Fut grande comme lui : mais quand je considère

L'effroyable péril qui l'aurait menacé

Si la pipe ici bas l'eût d'un peu devancé,

Alors je gémis moins, *car la plus vive peine*

Qui puisse, selon toi, vexer l'espèce humaine,

C'est celle que subit sans espoir de retour

L'infortuné fumeur déshérité du jour.

Hormis cette souffrance, il n'en existe aucune

Dont le tabac — dis-tu — *ne calme l'infortune.*

J'y consens volontiers : mais pourquoi donc alors,

· Pourquoi ne pas siffler ces fabricans de morts,

Ces docteurs inhumains dont l'atroce ignorance

N'inséra ton dictame en aucune ordonnance?

Et ton vers est muet sur ce pendable cas !

Moi, je vais faire ici ce que tu ne fis pas :

Je déclare bison, coupe-jarret, bélître,

Enfin homme de peu, le guérisseur en titre

Qui n'aura pas prescrit pour remède à tout mal

Par chaque mauvais jour l'once de caporal ;

Et le mal persistant, ce que je ne suppose,

L'ordre bien naturel d'au moins doubler la dose,

Jusqu'à ce qu'enfumé comme un renard, ce mal

Périsse sous le feu du susdit caporal.

Ainsi donc, par mes soins, tout malade irascible

Va retrouver le calme en ce doux combustible,

Le goutteux de l'allure, et même, en fumant fort,

L'homme à trois médecins ne craindra plus la mort.

Comment, prôneur charmant de cette panacée,

Qui doit remettre à flot notre nef fracassée,

Comment, poète né dans un jour de bonheur,

Ne créas-tu plus tôt ton code du fumeur?

Ah! que d'êtres chagrins, en dépit d'Hippocrate,

Se fussent bellement désopilé la rate!

Que d'autres, morts sans gloire, eussent jusques aux cieux,

Instruits par tes leçons, porté des noms fameux!

Une pipe à la bouche! — O bonheur, ô surprise! —

Et le sang bout au cœur, l'émeut, le galvanise,

Et, si brisé qu'il soit, aussitôt le refait...

De ta plante chérie, ô salutaire effet !

Leste comme un poisson qu'on remet en rivière,

Le manœuvre *chuté* saute de sa civière,

Et remonte à l'échelle à pas déterminés

Dès que le gaz piquant a chatouillé son nez.

Même trésor de miel pour toute autre amertume :

Tout mortel quel qu'il soit, souffre-t-il fort? qu'il fume.

Ainsi, va! fume à mort, brave Du Petit-Thouars ;

Ta gloire, on la réprouve aux cris des léopards !

Fume, on salit ton nom ; il parait trop la France !

Fumons, nous qui souffrons aussi de sa souffrance !

Fumons à nos ennuis, fumons à ses chagrins ;

Fumons, car chaque jour rembrunit nos destins !

Fumons, l'Anglais sourit ; fumons, la France pleure !

Fumons, car notre gloire est à sa dernière heure !...

Mais près du bien, ô Maître, on voit souvent le mal :

Ton tabac si divin deviendrait infernal,

Si, donnant à chacun un bien-être ineffable,

Il allait sur son crime endormir le coupable,

Et, par ses mille attraits, l'arrachant au remords,

Lui laissait dans le calme oublier tous ses torts.

Aussi, saches-le donc, sitôt né, ton poème

Du ministère ému provoqua l'anathème :

On dit même, l'on dit que le Garde-des-sceaux,

Monsieur Martin (du Nord), que Dieu garde en repos!

A l'aspect du danger, tremblant sous sa simarre,

Aussitôt en conseil fit citer le cigare,

Et là, dans un rapport, ma foi! pas trop mal fait,

Avec feu présagea son infaillible effet;

Puis contre le cité redoublant d'énergie,

Le déclarant suspect, obligea la régie

D'en amoindrir le poids et d'en hausser le prix.

Aussi le pauvre diable, on l'a déjà compris,

Atteint et convaincu de très probables crimes,

Fut unanimement grandi... de cinq centimes.

Pour motiver l'arrêt, l'adroit Garde-des-sceaux,

Monsieur Martin (du Nord), que Dieu garde en repos!

Avait, dit-on, dépeint dans sa catilinaire

De nos républicains l'essaim patibulaire,

Enivrés d'un tabac tout providentiel,

Se gaudissant au mieux sur le Mont-Saint-Michel,

Et, pour y suivre bien ses bleuâtres spirales,

Élevant vers le ciel leurs faces radicales;

Enfin, trop oublieux de leurs récens échecs,

Rêvant un âge-d'or renouvelé des Grecs.

L'argument était rude : aussi fit-il merveilles :

De tels hommes dormir et sur les deux oreilles,

Forts de leur avenir, conspirer en fumant,

Et cela mollement et très placidement!!!...

C'était à faire peur : or soudain la cantine

A revêtu les traits de l'affreuse lésine,

Puis aux pauvres captifs, d'un rire presque fou,

Apprend que le cigare est augmenté... d'un sou.

A cette triste annonce on s'émeut, on murmure,

Et le *Chant du Départ* expire à la serrure !...

Ce n'est pas tout, ô Maître : une autre chose encor,

Sitôt qu'il t'aura lu, fera peu rêver d'or

Celui qui, comme moi, tête un peu sans cervelle,

Aura dans les rails-ways, vidé son escarcelle,

Hélas ! pour avoir pris ses actions trop tôt,

L'infortuné devra pendre ses dents au croc !

En effet *le tabac abrégeant les distances*

En été, dans l'hiver, en toutes circonstances,

En guimbarde, coucou, patache ou tombereau,

Par Laffitte ou Caillard ou par le Grand-Bureau,

Le voyageur fumant *dans sa lourde machine,*

S'inquiétera peu de l'endroit où l'on dîne,

Et de la sorte ira, de relais en relais,

Sans prendre un seul bouillon de Marseille à Calais.

Or s'il est froid devant leurs allures si vives,

Que faire maintenant de nos locomotives?

Car tout fumeur, parbleu ! c'est facile à sentir,

En étendant sa route étendra son plaisir.

Vous, braves députés, soutiens du ministère,

Qui n'avez de souci que celui de vous taire,

Et qui soldez toujours à l'heure du scrutin,

Par le vote du soir les faveurs du matin;

Vous aussi qui parlez beaucoup pour ne rien dire;

Au nom de ces messieurs qui surent vous élire,

N'intriguez plus, mes chers, et videz les bureaux.

Une autre ère a paru : pour Dieu ! plus de réseaux !

Le pays, croyez-moi, verrait en pure perte

Chaque ligne de rails parfaitement déserte.

La voiture publique, aspirant au complet,

Aujourd'hui se transforme en vaste *narguillet* (*),

Et, vainqueur des wagons, ce char en renommée,

Fait bien moins de chemin et bien plus de fumée,

Double avantage, hélas! et fatal résultat

Qui fait qu'à tout jamais je suis dans le tabac...

Créant ce végétal auteur de ma ruine,

Dieu l'a voulu sans doute, ainsi donc je m'incline,

Demandant à ce Dieu, pour unique faveur,

Un miracle, celui de vous donner du cœur.

Du cœur! clamez-vous tous, du cœur! eh! pourquoi faire?

— Eh bien! sachez-le donc, pour déclarer la guerre,

Oui la guerre : écoutez; et, comme moi, bientôt

Pour le bien de l'État vous verrez qu'il la faut.

Si, par mille raisons qu'il n'est bon que j'étale,

Le cigare est divin, s'il n'est rien qui l'égale,

(*) Pipe d'Orient d'énorme dimension

Aux armes, citoyens! marchons! Joinville est là :

Vite, vite sous voile et volons à Cuba !

C'est là que nous pourrons, courageux Argonautes,

Réparer bien des torts, effacer bien des fautes,

Et, nobles conquérans d'une autre toison d'or,

Donner à la bouffarde un formidable essor.

La Havane en nos mains !!! Messieurs, c'est pour la France,

Ma parole d'honneur ! un avantage immense.

La jalouse Angleterre, allez ! n'en doutez pas,

Ne pourra soutenir le feu de nos tabacs,

Et la pipe, changée en machine infernale,

Disloquant à toujours l'*entente cordiale*,

Va redonner enfin à notre fier drapeau,

L'éclat dont il brillait aux champs de Marengo.

En dépit de ta fourbe, ah! sous notre fumage

Tu vas donc succomber, orgueilleuse Carthage !

Tiens, vois-tu, pour hâter un semblable bonheur,

O Maître, dès demain je me ferais fumeur,

Si, bravant son dégoût, ma trop sotte poitrine

Pouvait s'accommoder de ta vapeur divine;

Mais mon larynx par elle à peine est provoqué,

Que je pâlis, chancelle et tombe suffoqué.

Il est vrai qu'au début, quand j'arrivai sur terre,

Enfant, je ne suçai que le sein de ma mère,

Et non la pipe, ainsi qu'on fait en Orient (5);

Car j'ai toujours été, ma foi! fort peu friand,

Et d'un pur caporal quand même on l'eût bourrée,

J'eusse aimé mieux encor le lait et l'eau sucrée.

Pourtant, comme au pays on se doit tout entier,

Bientôt, je le promets, quelque honnête *bottier*

Doué par mes écus d'*une robuste haleine* (6),

Culottera pour moi vingt pipes par semaine :

Leurs vaporeux produits, secondant mes souhaits,

Quand le vent sera bon, voleront vers Calais,

Puis, de là, sagement confiés à la brise,

Iront droit étouffer l'Anglais sur sa Tamise.

Dans l'espoir si doré de ce bel avenir,

Ouvrons la tabatière et prisons à plaisir.

Une prise ! Ah ! bravo ! la chose est excellente.

Comme elle réjouit ! et pour peu qu'on la sente,

Chatouillant la membrane, elle court au cerveau

Et donne à la pensée un nerf toujours nouveau.

Quel doux enivrement ! quel merveilleux bien-être !

Avec contentement comme on se sent renaître

Quand, privé de tabac pendant un jour sans fin,

A son aise l'on peut s'en délecter enfin !

Mais, dis-tu, *le priseur offre dans tout son être*

Certain je ne sais quoi qu'on ne peut méconnaître :

Son galbe est ridicule et son maintien chétif ;

Dès qu'il porte la main vers le siége olfactif,

Sa tête vers la terre obliquement s'incline,

Il étire la face et pince la narine ;

Il a beau corriger ses gestes maladroits,

Arrondir son poignet en allongeant ses doigts,

Quelques soins qu'il se donne, il ne peut se défendre

D'un air patriarcal qui frise le Cassandre.

Ouf ! ce pauvre priseur, comme on l'habille là !

Eh quoi ! n'avons-nous donc rien à dire à cela ?

La chose, par ma foi ! serait fort curieuse.

Toutefois essayons : si ta muse rieuse,

Modelant ton fumeur dans le genre Dantan,

Pour nous bien égayer en fit un Artaban

Au port *décent* et noble, à la tête busquée,

Le nez au vent, la lèvre arrogamment arquée,

Elle dut à ce Cid donner pour piédestal

Le modeste priseur, sorte de bestial,

Dont vers *le sol le nez obliquement s'incline*,

C'était logique, au fait, et la charge était fine.

Moi, pour la compléter, par forme d'ornement,

J'aurais fait plus encor : dans le soubassement

Ma main eût ciselé, comme cariatides,

D'abord l'humble vainqueur d'Eylau, des Pyramides,

Puis Frédéric-le-Grand qu'on eût fait tout petit,

Tous deux parfaits priseurs, au moins à ce qu'on dit,

Le pied sur ces deux rois, et dans la noble pose

D'un héros bien drapé pour son apothéose,

C'est alors qu'on eût vu dans ton fumeur trônant

Le *specimen* exact du Jupiter-Tonnant,

Et dans ces rois courbés et blanchis de sa cendre,

Deux titans foudroyés travestis en Cassandre.

Tiens ! si tu veux m'en croire, ô Maître , n'outrons rien :

Tu prêches pour ton dieu, je prêche pour le mien.

Est-il si beau, ton dieu, lui qui porte au vent comme

Ce gracieux oiseau qui jadis sauva Rome ?

Si mon vers , se réglant sur ta causticité,

Se piquait aussi peu que toi de charité,

J'ajouterais encor qu'en thèse générale,

En France, la bouffarde abétit et ravale (7) ;

Que tout mortel fumant pense autant, par ma foi !

Que le moutard qui siffle ou qui suce son doigt.

Bien qu'elle n'ait en rien le talent de me plaire,

Je tolère la pipe aux dents du militaire :

Ne faut-il point passer quelque chose au loisir ?

Il est peu d'apprentis-héros pour leur plaisir.

Chez ces sales marquis que refoule l'Aurore,

Leur cassolette en main , je la tolère encore :

L'égout sent peu la rose : à quoi bon tant de soins ?

Qu'ils fument, je le veux, un peu plus, un peu moins.

Fumez, fumez aussi, *vers-luisans de la rue*,

La pipe cadre bien avec votre tenue,

Intéressans mortels, séduisans chiffonniers,

Fumez, beaux muscadins, j'y consens volontiers.

Pour vous qui vous piquez d'avoir un peu *de monde*,

Gens comme il faut, quittez, quittez la pipe immonde,

La blague, le cigare, et croyez, sauf erreur,

Qu'on peut être fort bien et n'être pas fumeur.

Qu'en Orient l'on fume et que cette manie,

Comme tu nous le dis, florisse en Germanie,

Dans la Russie, en Chine, en Afrique, au Pérou,

Dans l'Inde, dans l'Espagne, enfin je ne sais où,

L'esclave, on le comprend, en tel lieu qu'il la traîne,

A besoin d'endormir les douleurs de sa chaîne;

De ton lourd narcotique imprégnant tous les sens,

Il nourrit sa torpeur et subit ses tyrans.

3

Mais nous qui, grâce au ciel et surtout à nos pères,

Marchons libres du joug qu'en des jours moins prospères,

Au bon vieux temps passé nous supportions, hélas !

A quoi bon imiter de pauvres Parias ?

Prisons, cela vaut mieux : prisons; la tabatière

Elargit la pensée, allège la matière,

Et, donnant à l'esprit un merveilleux essor,

Quand on a bien pensé, fait penser mieux encor.

Témoins tous nos fameux, toutes nos fortes têtes,

Moralistes, savans, prosateurs et poètes (8),

Qui, souvent harassés, courbés sous leurs travaux,

Excitent en prisant leurs illustres cerveaux.

Aussi que de beautés d'esprit, que de saillies

D'une humble *queue-de-rat* (*) sont-elles pas jaillies !!...

____

(*) Petite tabatière en écorce, à couvercle illustré d'une toute petite lanière.

Autant la pipe abaisse, autant la *queue-de-rat*

Donne à qui s'en munit un splendissime éclat.

Ainsi tout roi qui veut d'une faveur princière

Honorer le talent, lâche la tabatière (9)

Illustrée, il est vrai, de brillans, de rubis,

Ce qui ne nuit en rien, surtout s'ils sont de prix.

Si j'étais roi, vois-tu, charmé de ton génie,

Une t'arriverait si richement garnie,

Que, bientôt fasciné par ce bijou d'honneur,

Tu briserais ta pipe et deviendrais priseur.

Ton vers soudain plus doux, plus nerveux, plus flexible,

— Et cependant Dieu sait si la chose est possible ! —

Enfanterait bien vite, au milieu des bravos,

Un immense trésor de chefs-d'œuvre nouveaux.

Par la prise soudain ta verve retrempée,

Chaque mois, chaque jour créerait une épopée ;

Les champs de l'Algérie et les monts du Maroc

Fourniraient à ta muse une ample mine *ad hoc.*

Joinville serait là (10) : Joinville et sa vaillance

Faisant hisser partout le pavillon de France,

Tu trouverais trop tôt, à chanter nos exploits,

Si tu ne prisais point, de quoi lasser ta voix.

Mais je ne suis pas roi ni ne désire l'être :

Sans brillans, sans rubis, je puis pourtant, ô Maître,

De mon maigre budget sans trop grever l'Etat,

Faire hommage à ton nez d'une ample *queue-de-rat*.

Au surplus, qu'elle soit royale ou roturière,

Une boîte à tabac n'est qu'une tabatière :

La matière, le prix, la forme n'y font rien.

Que le tabac soit bon, mon Dieu ! c'est toujours bien.

Ouvre-la, prise, prise, et bientôt cette engeance

D'intrigans que ton bras houspillait d'importance,

Gens de parquet, commis, écorneurs de budgets,

Verront bien qu'un priseur ne sommeille jamais.

Hâte-toi , car, qui sait , pour piquer ton courage,

On pourrait invoquer ton antique langage ,

Ta guerre de sept ans sous un joug détesté

Et tes milliers de vers tout chauds de liberté.

Hâte-toi , Maître : car tu n'as pas, que je pense,

Tu n'as pas dépouillé ta vieille indépendance :

Grâce à Dieu du Pouvoir tu n'es pas le vassal :

Nul palais , nul hôtel ne t'a pour commensal.

Chez Guizot ou Martin , auditeur débonnaire,

Tu n'as jamais froissé le sopha doctrinaire ;

Jamais le MONITEUR *, manne tombant du ciel ,*

Sur toi ne descendit en texte officiel.

Toi cependant si fort, si terrible, si brave,

Qui donc peut t'arrêter, rendre ta plume esclave ?

Aux antres de l'État n'est-il plus de Cacus

Pour que sur le Forum ta voix ne tonne plus ?..

Que si , malgré le feu qui t'eût brûlé la joue ,

Tu t'étais endormi dans une autre Capoue ,

Et que de leurs *méfaits pour étouffer le bruit*

D'une insolente aumône on t'eût promis le fruit ,

Je te crierais alors , en ma douleur amère :

O Maître, tiens, crois-moi, vite à ta tabatière !

Va, prise, prise à mort, et Guizot désormais

Verra bien qu'un priseur ne transige jamais.

Brienne, 25 juillet 1844.

NOTES.

◦⟫⟪◦

(1) Quand terreur du pouvoir, à tour de bras jadis
   Ta muse le sanglait du fouet de *Némésis*.

Tout le monde se rappelle cette création prodigieuse qui, pendant une année entière, donna, à jour fixe de chacune des cinquante-deux semaines qui composent cette période de temps, la mesure de ce que pouvait une tête de la trempe de celle de M. Barthélemy.

Pour bien caractériser cette œuvre, je ne puis mieux faire que de répéter ici ces quelques lignes de l'auteur de sa préface :

« *Némésis* est un phénomène dont l'analogue n'existe pas : Juvénal,
» Aristophane, Martial, Plaute, Régnier, Boileau n'ont rien osé de
» semblable. La satire *Ménippée*, avec sa causticité mordante et sa forme
» acerbe, pourrait seule s'en rapprocher par quelques points. Toute-
» fois, mettant en regard les deux créations, et compte tenu de la dif-
» férence des époques, *Némésis* est une œuvre bien plus puissante, bien
» plus inexplicable.

» Dans un prospectus en vers, Barthélemy promet au public, le 27
» mars 1831, de lui donner, chaque semaine, une feuille in-4° de sa
» poésie, à lui, de cette poésie satirique qui avait eu, sous la restau-
» ration, une vogue de 30,000 exemplaires ; — il commença, et douze
» mois durant ce ne fut qu'un jet de poésie, un jet de même hauteur,
» ne déclinant jamais, grandissant plutôt. *Némésis* prit un à un tous les
» grands événemens politiques, les para de ses couleurs, les accentua,

» les cadença dans sa langue nerveuse et sonore ; elle saisit au corps les
» réputations les plus robustes, jeta ses défis aux noms les plus hauts,
» attaqua en bloc ou en détail, enchâssa tout dans son rhythme, tout
» jusqu'aux abstractions gouvernementales. »

Au bout de sa traite d'un an, *Némésis* fit une halte et se condamna
au repos. Comme, depuis, aucuns coups de fouet ne furent plus par elle
administrés au pouvoir, quelque anti-national qu'il fût ; on s'en étonna,
et chacun de demander la cause de cette singulière réserve. Barthélemy
s'en excusa sur sa lassitude : quant au public, qui prétend toujours tout
savoir, il assigna un autre motif à ce silence.

(2) Je ramasse le gant que ta fierté me jette.

En parlant des priseurs, l'auteur de *l'Art de fumer* dit dans son début :

« Mais si, trop aveuglés par ce sternutatoire,
» Ils voulaient du cigare atténuer la gloire,
» On pourrait sans effort rabaisser leur orgueil. »

Ainsi que je l'ai déjà dit, en m'amusant à répondre à notre auteur, je
n'ai point eu la sotte prétention de rien faire qui pût dignement le réfuter.
Quelques unes de ses idées m'ayant paru comiquement contestables, il
m'est venu la pensée de m'égayer à leurs dépens et d'essayer de faire
sourire nos lecteurs. Ce dernier résultat, si je l'obtiens, sera l'unique
triomphe auquel j'aurai aspiré.

(3) Vite, vite à Nanterre !...

Nanterre passe généralement pour être la terre classique des mauvais
gâteaux et de la chasteté virginale, sorte de mythe vraiment tradition-
nel que l'on couronne chaque année, sous les traits d'une *rosière* plus
ou moins ingénue, par la main du digne maire de la localité.

On fait remonter à la fameuse sainte Geneviève la présence invariable
dans son heureuse patrie de cette fleur d'innocence que, pour son
compte, cette auguste bergère avait consacrée à Dieu, aux instances

d'un saint Évêque qui charitablement l'avait exhortée un beau jour à renoncer à la *braverie* et à ne plus porter aucuns bijoux.

(4) Et fumant lentement ton *pot-au-feu bourgeois.*

Pour expliquer le sens de ce dernier mot, il faut citer notre auteur qui, en parlant de *Teissier*, l'un de ses fumeurs *ex-professo*, dit, à propos de pipes:

> « En un mot il pensait et posait en maxime
> » Qu'une seule valait l'honneur de notre estime,
> » La pipe de Francfort et du peuple hambourgeois
> » Dont la forme ressemble au pot-au-feu bourgeois. »

(5) Enfant je ne suçai que le sein de ma mère
    Et non la pipe ainsi qu'on fait en Orient.

Notre auteur, après avoir dit que le monde entier est le temple de la pipe, ajoute :

> » L'Orient de ce temple est le premier autel.
> » Là, l'enfant nouveau-né, créature éphémère,
> » Suce à la fois la pipe et le sein de sa mère. »

Heureux enfans ! il paraît que c'est partout qu'on les gâte.

(6) Bientôt, je le promets, quelqu'honnête *bottier*
    Doué par mes écus d'une robuste *haleine.*

Notre auteur déplore la nécessité où l'on se trouve de fumer une pipe neuve, puis ajoute :

> « On dit qu'en Allemagne on prend pour cette peine
> » Des bottiers, gens doués d'une robuste *haleine.* »

Faut-il voir là un calembourg ? Pour mon compte, j'y suis tout disposé.

(7) En France la bouffarde abétit et ravale.

La bouffarde abétit.... A ce sujet, je dirai, comme le tambour Romeuf de M. Marco-Saint-Hilaire : *C'est ma manière de voir.* Je pense donc que loin de *pousser* à l'idée comme le tabac en poudre, le tabac à fumer cause une sorte d'engourdissement au cerveau. Aussi, que de gens fument pour ne point avoir à penser ! ou parce qu'ils ne pensent pas ! semblables en cela au paysan de Dryden qui siffle faute d'idées.

La bouffarde ravale... Cette proposition est aussi peu contestable que la première : il est vrai que, depuis quelques années, bon nombre de personnes fument publiquement; mais que fument-elles? Le cigare. La pipe, on la dissimule avec soin, sauf à en user dans le huis-clos, à moins de mettre parfaitement à profit le sans-gêne de la campagne. Convenons qu'à la ville on donnerait une triste idée de son bon ton et de ses bonnes manières en se permettant la pipe à la barbe des Athéniens.

(8) Témoins tous nos fameux, toutes nos fortes têtes, Moralistes, savans, prosateurs et poètes.

Qui niera que la presque totalité de nos meilleurs écrivains, de nos plus grands penseurs n'aient prisé ou ne prisent démesurément, témoins les Buffon, les Diderot, les Voltaire, en un mot tous les philosophes du temps, et, de nos jours, les Cuvier, les Laplace, les Broussais, les Châteaubriand, Napoléon enfin ?

(9) Ainsi tout roi qui veut d'une faveur princière Honorer le talent, lâche la tabatière.

Un savant, un artiste distingué a-t-il excité la bienveillance de quelque souverain? c'est une tabatière qu'il reçoit. Cite-t-on que d'augustes Mécènes aient jamais laissé choir du haut de leurs grandeurs des pipes et des blagues? — Notre auteur parle, il est vrai, d'une pipe colossale, roulant sur un affût, qui aurait été donnée par l'Empereur au brave maréchal Oudinot. Nous l'avons vue, en effet, cette pipe : mais, disons-le : placée sur un tertre, au milieu du parc de Jeandheures, elle n'est autre que la pièce de canon que Napoléon, alors premier consul, donna au maréchal, et voici à quelle occasion :

« A la bataille de Pozzolo, l'ennemi se flattait déjà de remporter la
» victoire, les Autrichiens avaient enfoncé le centre de l'armée fran-
» çaise, et une de leurs batteries, avantageusement placée sur les hau-
» teurs, enlevait des rangs entiers. Le général Oudinot, à la tête de son
» état-major, franchit avec audace tous les obstacles, pénètre à travers
» une grêle de mitraille et de boulets dans la batterie, et tue les ca-
» nonniers sur leurs pièces. Le centre de l'armée française se rallie;
» l'ennemi est repoussé à son tour et forcé en toute hâte de repasser
» l'Adige. Le premier consul décerna un sabre d'honneur au général
» Oudinot, et lui fit don d'une des pièces de canon qu'il avait si glorieu-
» sement conquises. » (*Biogr. des Contemp.*)

Ce canon valait bien une pipe sans doute.

Toutefois, nous devons convenir que, lors de notre visite à Jean-d'heures, à défaut de cette fameuse pipe dont parle notre auteur, nous en aperçûmes d'autres fort belles, appendues à la porte des jardins, près d'un faisceau d'instrumens de jardinage, le tout à l'usage du vieux guerrier que, lui aussi, nous eûmes le bonheur de voir fumant et sarclant tour à tour avec la placidité d'un *Cincinnatus*.

(10) Joinville serait là.

Nous sommes heureux d'avoir pu rendre ici un faible hommage aux sentimens tout patriotiques de ce noble prince, dont la première conquête, et sans doute la plus flatteuse pour lui, a été celle de tous les cœurs de ses compatriotes. Il est actuellement sur la côte du Maroc où il soutient avec énergie la dignité de la France : nos vœux accompagnent ce brave fils de Roi, et notre voix lui crie :

I, decus, i nostrum! felicibus utere fatis!

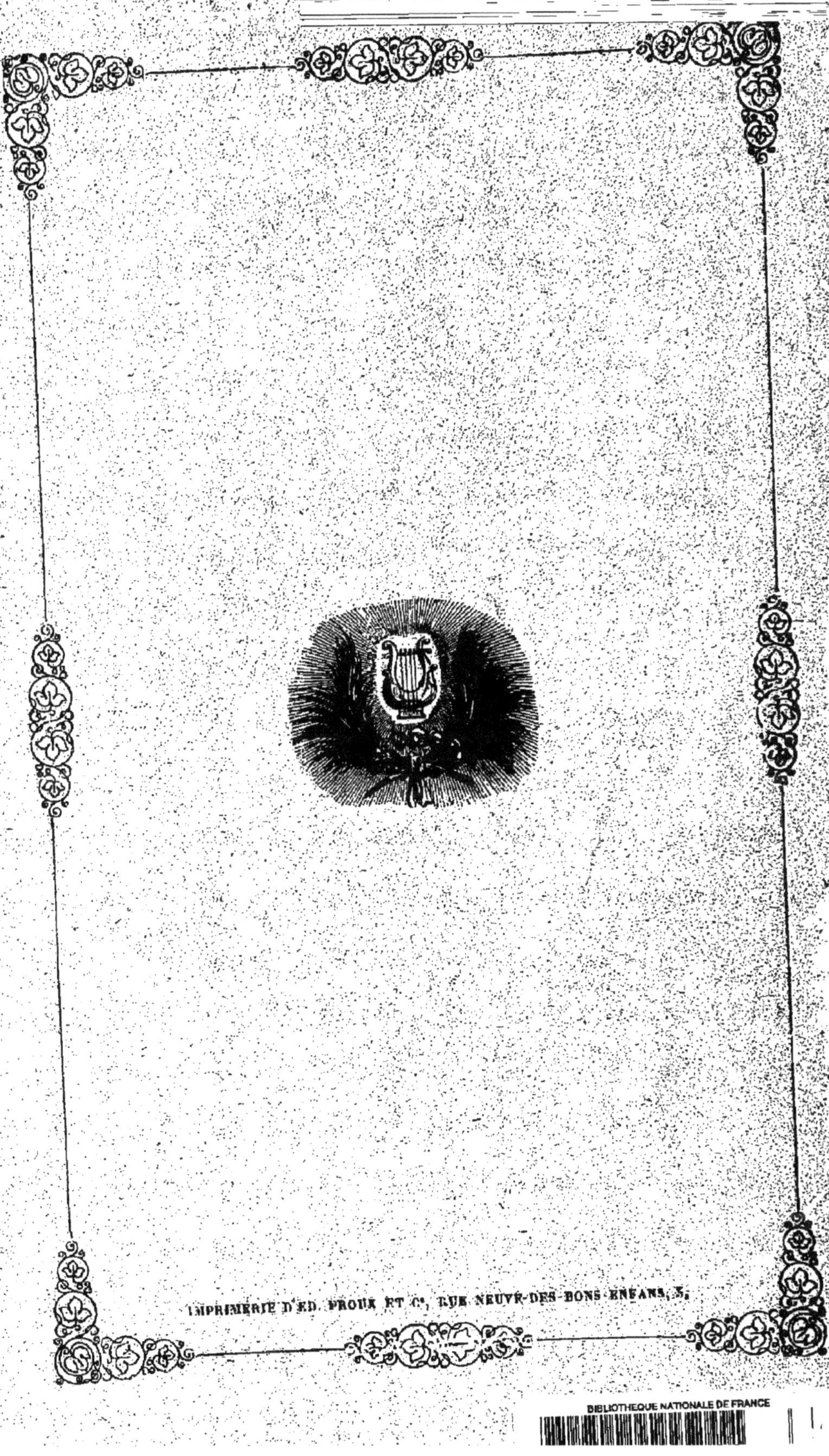

IMPRIMERIE D'ED. PROUX ET Cie, RUE NEUVE-DES-BONS-ENFANS, 5.

www.ingramcontent.com/pod-product-compliance
Lightning Source LLC
LaVergne TN
LVHW022357170726
843503LV00008B/3693